NEY

PRINCE DE LA MOSKOWA

NEY

38295

A L'OMBRE DU MARÉCHAL

NEY

PRINCE DE LA MOSKOWA

PAR

Augustin BENTZ

NEY DE LA MOSKOWA

On devait espérer que les dieux de l'histoire
Foudroyés par le sort, comme les vieux Titans,
Pourraient dormir en paix, préservés par la gloire
    Des erreurs de l'homme et du temps.

Mais quand d'un écrivain la plume vile ou folle,
Pour faire de l'esprit ou pour flétrir le beau,
Accuse nos grands morts par sa lâche parole,
    Fouquier-Tinville du tombeau !

Il est bon que ma voix mâle, bien qu'ignorée,
Proteste au nom des morts, pour celui qui sauva
Mon vieux père en Russie. O grande ombre honorée
    Du prince de la Moskowa !

C'est toi qui l'a sauvé des lances des Cosaques,
Tu lui faisais contre eux un rempart de ton corps
Quand la Bérézina sous ses neiges opaques
    S'ouvrait pour engloutir nos morts.

Et tous ces fiers soldats de notre grande armée
Sous le froid, sous le fer, qui les a défendus ?
A notre honneur en deuil, à la France alarmée,
    Ney, c'est toi qui les as rendus.

Aussi la croix d'honneur de mon noble et vieux père
Qu'il porta sur son cœur, qui gardé mon foyer,
Et ce grand souvenir, l'étoile sainte et chère
    Que Sainte-Hélène a, sur nous, fait briller...

Devant elles, ont vu, près d'une jeune mère,
Ensemble agenouillés, aux pieds du crucifix,
Pour toi, pour l'Empereur qu'adorait leur grand-père
    Prier, le soir, mes quatre fils.

Et je dis que l'honneur de ta grande mémoire
Ne doit pas être atteint même de vains propos;
Et qu'il est criminel de toucher à la gloire
    Dont l'aile abrite ton repos.

Et je dis, que nos temps sont trop voisins des vôtres,
Que le sang est trop chaud au cœur de vos enfants,
Pour qu'une lâche main puisse arracher des nôtres
    L'honneur de vos noms triomphants.

———

Faut-il suivre tes pas au début de ton âge?
Quand tu montais au ciel comme l'aiglon dans l'air,
Quand au sein de la foudre et bercé par l'orage,
    Tu bravais la flamme et le fer.

Non, jamais, de la peur, les glaciales entraves
N'arrêtèrent l'élan de tes généreux pas.
L'ennemi s'inclinait quand le *Brave des Braves*
    Volait en tête des soldats.

La voyez-vous passer cette trombe vivante
Qui renverse onze fois les bataillons anglais,
Électrisée au son de cette voix tonnante
    Qui retentit au plus épais !

C'est la puissante voix de Ney ; là, son épée
Brille en ces flots humains comme l'éclair sur l'eau :
Non, jamais d'un mortel la vaillance trompée
    N'éclata comme à Waterlo, —

Quand Ney, seul, entraînait cette tempête humaine
Qu'il sabrait, le premier, aux gueules du canon
Quand la mort le voyait si grand dans cette plaine
    Qu'elle reculait à son nom.

Mais il eût mieux valu que la mitraille anglaise
Vînt fracasser ton front dans ce noble danger,
Que de te voir périr d'une balle française
    Mise au fusil par l'étranger !

Et tu mériterais cette mort d'infamie !
Ah ! détournons les yeux de ces scènes de deuil...
Pleurons !... Mais, non, permets que d'une main amie
    Je soulève un peu ton linceul.

Droit au cœur !... Voyez-vous la blessure béante...
Entendez-vous le cri du héros expirant !
Son corps est là, gisant sur l'arène sanglante.
    Oh ! quel spectacle déchirant !

Contre l'humanité, contre la gloire... O crime !
Arrêtez !... Ce héros est père ;... il est époux.
Ils n'ont donc pas de fils ceux qui font ces victimes ?
　　Voyez ces enfants devant vous.

Les voyez-vous penchés sur cette fosse ouverte,
Tous les quatre effrayés, ils regardent... C'est lui !...
Ce cadavre sanglant, c'est leur père !... O perte
　　Qu'ils sentent à peine aujourd'hui...

Mais, plus tard, pensez-vous qu'en leurs chaudes entrailles
Quelques hommes sans cœur pourront fouiller leur flanc,
Sans qu'ils poussent alors un cri de représailles
　　Pour que le sang venge le sang !

Pourtant le sort des Neys et des Labédoyères
Apportait à la France une leçon de paix ;
Et depuis eux la mort s'éloigna pour leurs frères
　　Du droit politique français.

Et depuis, leurs enfants d'une double couronne
Ont orné leurs tombeaux : l'une est de vert laurier ;
L'olivier de la paix forme l'autre... On pardonne
　　Quand sur la tombe on va prier !

Mais la vengeance, alors, passait comme une trombe
En ployant les partis sous le poids des affronts ;
Le cruel souvenir de l'immense hécatombe
　　Faisait délirer tous les fronts.

Il soufflait sur la France un vent de funérailles.
Et les partis vengeaient, dans leur fatale erreur,
Le sang des échafauds et le sang des batailles
　　En renouvelant la terreur.

Certes, Ney savait bien, quand de notre patrie
Il voulait repousser l'aigle qu'il adorait :
Que la guerre civile en Saturne est nourrie
　　Des propres fils qu'elle honorait.

Que la vengeance au feu de nos guerres civiles
Frappe les plus hauts fronts de son glaive d'airain ;
Qu'elle fauche à grands bras, dans le sein de nos villes,
　　Les fils qu'on pleurera demain.

Il voulait éviter ces luttes si cruelles...
Mais quand il vit vers lui le héros s'approcher
Quand il vit dans les airs cette aigle dont les ailes
　　Volaient de clocher en clocher.

Quand il eut bien compris que l'Empire et la France
Dans un dernier duel tenté contre les rois,
Allaient des libertés consacrer l'espérance
　　Ou voir s'abîmer tous nos droits.

Que c'était pour la France une lutte suprême,
Et pour l'égalité le dernier des combats ;
Sa main à l'Empereur porta le diadème
　　Que lui rendaient ses vieux soldats.

Et maintenant, croit-on que le sang des victimes
Ait rougi vainement les sillons ennemis,
Et que les peuples nés sous leurs appels sublimes
    N'auront pas ce qu'ils ont promis !

Nos aigles ont porté jusqu'aux plus hautes cimes
Nos libertés, nos droits par les peuples admis.
Croit-on les replonger dans les sombres abîmes ?

    Non, il n'a pas en vain coulé
    Le sang généreux de nos pères.
    Le monde en vain n'a pas foulé
    Les champs fécondés par nos guerres.
    Le drapeau de la liberté
    Débordant sur notre frontière ;
    Dans le sein de l'Europe entière
    A fait germer l'égalité.

    On a vu l'Europe trompée
    Verser sa colère à grands flots,
    Et vouloir briser ton épée
    O France, dans ses Waterlos.
    Mais, renaissant par la victoire,
    Ton grand nom a de toutes parts,
    Autour des rayons de ta gloire,
    Rassemblé les peuples épars.

    Les voyez-vous venir sans nombre
    Peuples et rois, czars et sultans,

C'est qu'ils ont vu passer ton ombre
O drapeau si connu des Francs !
C'est qu'ils savent que ta bannière
Du faible a vengé les affronts,
Et porte au monde la lumière
Dans les mains des Napoléons.

C'est qu'ils ont vu notre aigle antique
Prête au combat, prête au repos,
Arrêter son vol pacifique
O travail, sur tes saints drapeaux !
Ainsi toujours, calme ou guerrière,
Mais la première au champ d'honneur,
La France suit ton aigle altière,
O notre puissant Empereur !

Oui, du sang des Français la rosée abondante
A fait naître et grandir notre droit adoré :
Des soldats comme Ney, grâce à leur mort sanglante
Te renversent enfin, privilége abhorré.

Et maintenant, la paix si vaillamment conquise
Peut régner parmi nous sous leur grand souvenir.
Leur nom sait protéger cette noble entreprise
Et la fait accepter des peuples à venir.

Alors pourquoi blâmer les héros des grands âges ?
Calmons nos souvenirs et respectons les morts !
Quand tout martyr tombé recevra nos hommages
La France sera grande et les Français plus forts.

Janvier 1869.

Augustin BENTZ.

Paris. — Imprimerie de Cosse et J. Dumaine, rue Christine, 2.